ARTE O SEXO

OLIVER FRANCES

Deja algo tenebroso
Charles Manson

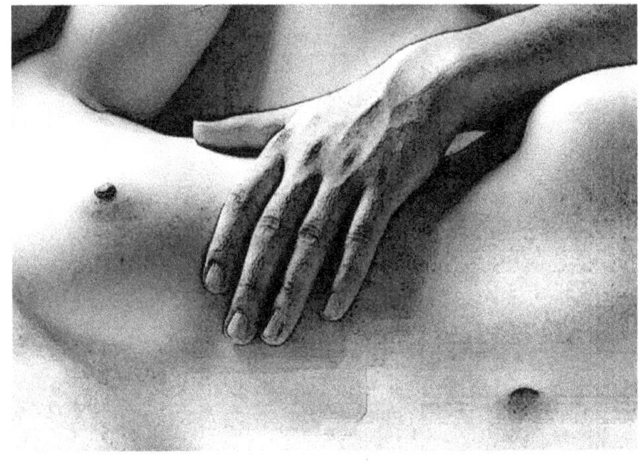

Un Simple
Juego de Genio

De pie sobre sus piernas puestas de forma arqueadas, sosteniendo su espada a un lado, todo lo que sobresalía de este personaje era su extravagante bigote. Su figura, con su disminuyente cabello formando entradas, era lo que su venus miraba desde el sofá tapizado de pana.

Era solo una parte de una rutina del cerebro del genio, un acto de rebelión contra la esterilidad total y los intentos de automatizaciones. De hecho, las piernas arqueadas fueron el medio para recordar inconscientemente las calas de Cabo de Creus.

"Mi hermano, el bebé muerto, fue probablemente una primera versión de mí mismo, pero concebido demasiado en lo absoluto", dijo, avanzando en un contra-ataque defensivo mientras las mangas abombadas de su camisa ondeaban.

Los hermosos ojos de la cosa brotaron de asombro, mientras sus manos delgadas acariciaron sus mechones largos y rubios que se deshacían sobre su rostro pálido.

"Amanda, nos parecíamos como dos gotas de agua, pero teníamos diferentes reflejos", reflexionó.

En los próximos años, se sentiría frustrada sobre el hecho dejar al genio para encontrarse a sí misma fumando marihuana con alguien en King's Road, que presumía acerca de estar cambiando el mundo.

Colocando sobre su calvicie una peluca de largo cabello negro, Salvador comentó fuera de contexto, "La holgazanería de hoy y la falta total de técnica han alcanzado su paroxismo en el significado psicológico del uso actual del collage."

El genio, por cierto, el autoproclamado Enfant Terrible en el mundo del arte, creía que su venus, la misma que lo azotaba con su hermoso cráneo y con quien tenía un matrimonio espiritual cercano y poco convencional, como ambos describieron su relación, podía comprender todos sus dichos y hechos, cuando, de hecho, su mente estaba desconcertada por el matrimonio de Salvador con su verdadera esposa.

"¿No te duele, el enamoramiento de Gala con los hombres jóvenes?" preguntó su Venus.

En un movimiento de embestida, Salvador respondió, "Todo lo que busca es el resultado del joven Dalí a quien conoció en 1929". Él agregó, "¿Por qué debería enojarme si ella me está buscando en un hombre joven?"

"Sé que tú, el Surrealista, tienes una visión del mundo completamente diferente, por lo que no tienes las mismas ideas que cualquier mortal común. Sin embargo, todavía eres un ser humano".

" ¿Entonces...?" él dijo.

"¿No te conmueve el hecho de que Gala quiere una vida separada y está cansada de cuidarte?" Amanda preguntó.

"¡Encantador!" El Salvador gritó, se detuvo, después de un ataque de golpe. "De lo contrario, no podrás pasar todos los veranos conmigo, ni hacerme compañía durante los viajes de mi esposa a París o Nueva York".

"Ya veo".

"No entiendes que estoy más allá de cosas mundanas, incluso mi propia humanidad. Experimento la alegría de ser Salvador Dalí, y me pregunto en éxtasis: ¿qué cosas maravillosas logrará Salvador Dalí hoy?

El genio observó a su venus arrojarse sobre el sofá, y recordó todo el mundo interno de sentimientos que ella desencadenaba mientras sus ojos se fijaron en cada curva de su figura. Volando sobre su rostro inocente como una virgen, con los labios entreabiertos en asombro, su vista bajó sobre la piel pálida a los botones rojos de los pequeños montículos de su seno, descendiendo hacia su figura estilizada para codiciar febrilmente el monte venus sin afeitar, para luego perder todos sus sentidos en las largas y finas piernas moldeadas; tal como hizo su trabajo al representar la forma de una mujer desafiante en el mundo de la oscuridad y las sombras.

Ciertamente, Salvador no era un mortal común, él estaba más allá de cosas mundanas. Pero lo que no comprendía su venus era el hecho de que el genio tenía la oportunidad de poseerla como ningún hombre jamás había hecho.

"No lo entenderás", le dijo a Amanda.

"¿Qué es lo que malinterprete?" preguntó ella.

"Mi amor va más allá de la mujer. Mi amor es sobre el ser, y mi compromiso."

"¿Aunque Gala solo quiere parte de la porción de lo que representas?" su venus exigió.

Entre los movimientos de penetración y extracción, él miró hacia los paneles blancos y lisos de las paredes; Irónicamente una mente tan extraña era similar a esas superficies desnudas y entendió que su cerebro era complejo junto con las figuras extrañas y las formas cóncavas que se atrevían a hacer razonar incluso a las mentes científicas. Él discutió que los pasos del tiempo fueron erráticos, y que el tiempo no tiene ningún poder en el mundo de los sueños.

"No sabías nada de hombres cuando me conociste la primera vez", Dalí le dijo a su venus, acariciando un extremo de su bigote mientras que el otro extremo apuntaba hacia arriba. Y, cuando el genio se acercó a la mujer que permanecía arrojada sobre el sofá, dijo: "Y aún no sabes nada de mí".

Amanda miró con asombro al pintor, con una inocencia reflejada sobre sus ojos y labios entreabiertos, mientras el genio se bajó la cremallera de los pantalones y sacó su John Thomas y, con una mano, lo acarició. Mientras tanto, con su otra mano, le desabrochó la blusa y sacó un pezón fuera el sostén. En éxtasis, Dalí empujó dentro y fuera de la piel de su falo ya que quería vivir su sueño en la cámara con forma de laberinto de su mente y, se preguntaba cuál parte del mundo todos querían que expulsara y cuál nadie quería perderse ni esperar.

Una vez que el genio surgió de la cima donde había estado, vio el pecho de su venus empapado con todo el elemento que él había derramado, el cual podría formar una maravillosa creación humana.

Por fin, Dalí se había expresado de una manera humana. Podría considerarse vulgar o simplemente común, no propiamente de un genio.

Autoexpresión

Un ojo se asomó entre las sucias persianas y rápidamente miró de lado a lado, para recorrer el área del estacionamiento. Estaba desierto, salvo por algunos coches aparcados, cubiertos con gotas de rocío de la mañana. A medida que el ojo miró más allá del área de estacionamiento, aparecieron las montañas y, frente a ellas, construcciones dispersas y vallas publicitarias fueron visibles entre el follaje de los árboles.

La ciudad parecía un lugar muy tranquilo, donde no ocurría nada dañino, pero la realidad era diferente. Allí, en un centenar de lugares simultáneamente, sórdidos eventos tenían lugar y horribles historias aparecían cada noche. Mucha gente anhelaba el placer y el deseo. Al menos, él no era ninguno de esos hombres que luchaban por el poder para tener un mundo a sus pies, ni ninguna mujer que se prostituía mientras perseguía un sueño.

En un par de horas, la rutina diaria comenzaría de nuevo, las chicas estaban a punto de venir con todo el dinero recaudado de las entregas, y a recoger el alijo que les quedaba a los callejeros.

Después de mirar el estacionamiento, el negro se giró hacia la habitación en penumbra para ver que todos sus amigos dormían. Un profundo hedor golpeó su nariz y una sensación de vacío se apoderó de él. Sus amigos estaban dispersos

por todas las camas después de una se-
sión nocturna de drogas y sexo.

La basura blanca, delgado como un palo, era su seguidor a pesar de su color de piel, y el fat domino-el otro amigo- era el ruin infiltrado que se encuentra en cualquier pandilla. Todo era cursi de una manera, él terminó teniendo una pequeña pandilla propia, como aquella a la que pertenecía en su ciudad natal, y de la cual escapó, junto con sus compañeros.

Soñoliento y bastante aburrido, miran-do boquiabierto ante las oscuras persia-nas blancas, se paseó de un lado a otro, y finalmente se dejó caer sobre las sába-nas sucias. Lanzó el control remoto mien-tras encendía el televisor. Un sonido bo-rroso e inesperado de puntos de televi-sión despertó a uno de sus amigos.

"¡Mierda! Apágalo, "gritó.

"¡Cállate! Basura blanca," gritó el negro.

El ojo del lúgubre topo se abrió y miró al negro y a la pantalla sin señal.

De repente, llamaron a la puerta. Saltó de la cama y, apoyando los pies descalzos en la suave alfombra, se sintió mojado. Los golpes lo irritaron.

Abrió la puerta y miró hacia afuera. Era una chica negra y delgada cuyos rizos colgaban, cubriendo sus hombros desnudos.

El negro la dejó entrar. Puso algunos billetes en la mesa redonda y dijo: "La mitad. Perdí la otra mitad, algunos tipos me sostuvieron."

De repente, el negro dio un fuerte golpe a la mesa con su puño.

"¡Maldita chica! No me vas a joder. Quieres estafarme."

Al tirar de ella por los rizos, la sacó de la habitación y la golpeó a través del pasillo de los dormitorios hasta la parte superior de la escalera; allí, la pateó de nuevo en el trasero. Continuaron abajo en la zona del estacionamiento.

"¡Despierta! Topo de mierda. Ven aquí ", gritó desde abajo.

El ruin salió corriendo de la cama y, poniéndose una camiseta sucia, caminó a través del pasillo, confundido; bajó las escaleras donde el negro le daría algunas órdenes.

"Hazle compañía y ve a donde ella dijo que algunos cabrones la asaltaron". Agregó: "Trata de descubrir quiénes son estos jodidos tipos".

El negro se puso furioso mientras caminaba arriba hacia su habitación. Después de entrar, cerró de golpe la puerta y caminó hacia la cama, donde yacía la basura blanca. Al empujarlo por el hombro, despertó al hombre.

"¡Qué pasa!" él preguntó.

"Levántate basura blanca de mierda y busca cosas que hacer para cubrir mi trasero por un tiempo."

El hombre delgado se puso de pie de mala gana y, mientras se arreglaba la sucia camiseta blanca y los pantalones, siguió las órdenes de su líder. Después de enviar la basura blanca afuera, el negro entendió que algunos necesitaban a un hombre que los guiara, y él era, de hecho, la guía de este hombre.

Agotado, se dejó caer sobre la cama con una funda sucia y cuadrada y subió el volumen de la televisión. Después de varios minutos, hubo golpes en la puerta de nuevo.

"¿Quién diablos es ahora?" él gritó.

Al ponerse de pie, se dirigió a la puerta y la abrió. Se sorprendió al ver a un hermoso capullo blanco que estaba enamorada de él, de pie allí.

"¡Hola!"

"¡Hola!" Él gritó de vuelta.

"¿Solo?" Ella preguntó coquetamente.

"Sí, entra".

Ella entró. "¿Qué estás haciendo?"

"No mucho", respondió.

Se acercó a la chica y, al agarrarla por la cintura la levantó y comenzó a besarla salvajemente. Luego ella lo empujó hacia atrás y él se dejó caer en la cama. Sus ojos se sorprendieron cuando vio que la chica se quitaba la camisa y el sostén y se lanzó sobre él.

El negro acarició cada curva de su cuerpo hasta que se detuvo para chupar sus pezones rojos y erectos mientras desabotonaba sus sucios pantalones. Ella se quitó los leggings empujando las piernas hacia adelante y hacia atrás.

Una vez que estaba desnuda, la penetró brutalmente haciéndola gritar.

Un cuerpo se unió con otro y él satisfizo su realización. Él se sintió como si fuera el dueño, no del mundo, sino de la chica en ese momento.

Entonces se dio cuenta de que nada importaba excepto la realización del ser. La gente desperdiciaba sus vidas, e incluso morían por ello. Pero, él venía al Zenith, siendo él mismo y sin pagar nada por ello.

Entonces, al tener a la chica, se había expresado a sí mismo.

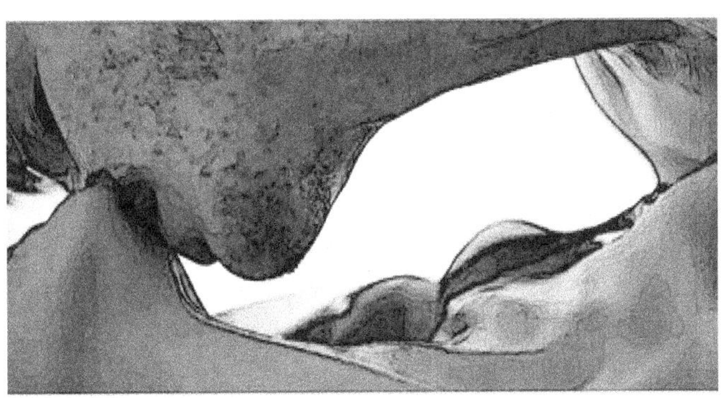

Frida

Siempre nos buscamos a nosotros mismos. Y, en esa búsqueda frenética, encontramos amor y odio y, a veces, frustración. En mi caso, lo que encontré fue a Diego, mi sapo, el hombre de las damas, el marido de nadie, todas las mujeres eran sus musas, solteras o casadas.

Misteriosamente elegimos un arte o trabajamos para expresarnos, no necesariamente para ganarnos la vida; nunca somos conscientes de eso. Elijo mi habilidad para transmitir el dolor, más bien, mi tragedia. Acostada en la cama, me vi en un espejo sujetado al dosel de madera y, desde allí, derramé toda mi alma lacerada como sobre un lienzo. A medida que la pena corría por mis venas e incluso pudriéndome el alma, lo pinté todo bien.

Tan malditamente bien que el francés André Breton, que me describió como una princesa de una leyenda con una especie de encantamiento en la punta de mis dedos, y en la figura del pájaro Quetzal que deja ópalos sobre los flancos de las piedras, estaba muerto de impresión con mis pinturas. Y, no sé si se definió a sí mismo a través de mis pinturas, como lo hice con cada centímetro del cuerpo de la esposa de André, que era mi extensión. Pero, lo que debería asumir fue una bofetada en la cara de Diego cuando pensó que tenía una aventura con André. Lastimé a mi sapo como lo hizo conmigo cuando se acostó con sus musas.

Él no podía expresarse ni prolongarse por ningún otro medio que no fuera el arte. Supongo que Diego diría que conquistar a sus mujeres lo define a sí mismo. Y, asumo que él siente lo mismo que yo: moldear cualquier circunstancia con una mujer es como rozar el lienzo, aunque esculpir una pieza de mármol representa mejor la situación.

De alguna manera, el arte y el sexo no tienen nada que ver con el amor, y este no siempre es el medio para expresarnos al máximo. Por el contrario, es un dispositivo para reprimir lo que realmente sentimos con el fin de no herir a quien amamos.

Nadie entiende el amor.

Frida piensa en todo esto, mientras que el humo de su cigarrillo rodea las pequeñas flores recortadas colocadas en su cabello negro carbón y, una punzada de heridas que duelen en cada fibra de ella. La amputación de su pierna derecha la desgarró y, aún así, ella recuerda los pensamientos alegres de los primeros días con Diego. Sentada en su silla de ruedas delante del caballete, no tiene ganas de pintar ni de reflejar su dolor en ningún lienzo.

La mujer deseaba ser una esposa devota y darle placer a su esposo. Luego, se dio tiempo para aprender a hacer estofado que Lupe Martin le enseñó, la ex esposa de Diego, una tempestuosa y exótica belleza que le hizo compañía a Frida cuando fue al mercado donde compró ollas de barro y sartenes.

En la cocina tradicional, sobre la gran estufa, envuelta con el azul de talavera con brasero de carbón, el guiso estaba cocinado. Mientras Frida molía las semillas de calabaza, y trituraba el sésamo, los tomates verdes, las espinacas, la lechuga y el chile, ella cantó:

"Oficio noble y bizarro,
Entre todo el primero,
Pies en la industria del barro,
Dios fue el primero alfarero,
Y el nombre su primer cacharro."

"Incluso dije: te amo demasiado, y le di afectos apasionados, te amo solo a ti", Frida repitió estas palabras para sí misma, mientras empujaba su silla de ruedas entre las mesas, donde sus brochas, aceites y aceite de linaza permanecían junto con caballetes y un espejo. Su cuerpo estaba agotado por el dolor y su alma lacerada por la pena, así que, esta vez, no estaba de humor para transmitir todo lo que estaba pasando en un lienzo.

Y, tantas veces como dijo que amaba a Diego, no podía entender acerca de la bestia que vivía dentro del pintor, el mismo que no podía dejar de joder a su hermana. En este espantoso arte del pintor de muros, no pudo comprender como su Diego consideraba una forma de expresarse, el poseer una carne propia. Y la forma en que penetró a su hermana no fue el medio para transmitir su esencia en absoluto, ni siquiera su traición a Diego cuando se acostó con Trotsky podría su-

perar una acción tan escandalosa y lasci-
va.

Ella permitió que Trotsky se enamorara de ella. Pero ella sabía que el pintor no lo había hecho, solo la mujer celosa de la traición de su amante. Y, por muy doloro-so que fuera, el dolor era para Diego, así que más alegría era para ella.

Frida comprendió que en cada una de las conquistas de Diego, él se definía a sí mismo. Y en cada palabra que dice, y en cada caricia de su amante en ese mo-mento, le dio los medios para reflejar su esencia, más bien a sí mismo, que fue su pensamiento. Pero, el haber tenido rela-ciones con sus hermanas, no fue una obra de expresión, solo un acto de bruta-lidad. Él destrozó el amor por el sexo, y no hubo un pintor que actuara, solo la bestia del hombre por la lujuria.

Sin embargo, cuando la pareja se separó, cada uno extraño al otro y tuvieron que volver a unirse nuevamente. Sin importar si su relación era abierta o estaba llena de libertad, el vínculo entre ellos era amor. Y, no importaba si esto los hacía expresarse o no.

Una tarde en su año deprimente, la última de su vida de hecho, Frida gimió entre sus labios, "Te he amado solo a ti".

A laDeriva

Cuando su vista se perdió en la inmensidad externa a través de las gafas de su abuela, se sintió entumecido y despreocupado de cada palabra que su profesora de geografía dijo acerca de la lección. De repente, su atención fue atrapada por una pequeña mosca que flotaba alrededor y, se preguntó cómo podría haber entrado en el salón de clases de todos modos, esto parecía ser una caja cerrada, y las ventanas estaban cerradas.

En cierto sentido, es similar a sus preguntas sobre sí mismo y su vida. ¿Por qué él vino a la vida? ¿Por qué todo lo que tenía era rechazo? Nadie alrededor tenía una explicación, ni nadie afuera. Tampoco una respuesta.

Trató de perderse de nuevo cuando escuchó a algunos compañeros de clase murmurar comentarios picantes sobre la vagina de la profesora que delineó la entrepierna de sus pantalones ajustados. Sin esperanza, él también se centra en esa parte de los pantalones de su profesora, pero no ve nada y, lo que es peor, no siente lujuria.

Al verlo, la profesora preguntó: "¿Qué dije sobre los vientos alisios, Ronnie?"

Mirando fijamente sus labios carnosos y sensuales que habían pronunciado la pregunta y balbuceando, él dijo: "Los vientos alisios..." No pudo decir nada más.

"Ves, no estás prestando atención. Así que, no te vayas cuando suene la campana".

Los compañeros de clase se burlaron de él y arrojaron papeles a su cabeza.

Sin esperanza, había renunciado al aburrido confinamiento en el que su vida resultó; una vida llena de nada más que el rechazo del sexo opuesto. Todo lo que le quedaba era la imaginación. Él siempre está ausente del mundo exterior y, principalmente, a la hora de clase. Pero, en su caso, es el momento en el que él está cerca de ella, una sensacional adolescente ardiente que asiste al mismo curso que él. Ella es la más popular en el salón, que se escapa de su casa para ir de fiesta, y que siempre fuma con los chicos mayores. Con su pelo largo color canela, cayendo como una cascada sobre su hombro, y sus llamativos ojos negros, Beth lo vuelve loco.

Durante la escuela, cuando las horas avanzan con pies de plomo, Ronnie inventó una fantasía apasionada con la chica de sus sueños: Beth, donde la degradaron y la obligaron a follarlo, no involuntariamente, sino a regañadientes. No importa cuántas veces piense sobre esta fantasía, lo medita cuando se cansa de la regular que pasa por su mente. Allí, él viene por el corredor de la casa de Beth, y camina lentamente hacia su habitación, donde ella está estudiando. Él no toca la puerta, sino que la abre y entra. Beth no está sorprendida en absoluto, de hecho, ella parece indiferente a su inesperada presencia.

Él pregunta: "¿Qué estás estudiando?"

Sentada en el borde de la cama, estira sus piernas desnudas. Con los labios entreabiertos, ella dice: "Matemáticas".

Él se acerca a ella y, sentado a su lado, puede echar un vistazo a la lección. De repente, él le arrebata los libros, los arroja sobre la cama y con una mano fuertemente sujetando su cuello presiona sus labios sobre los de ella. Le muerde el labio superior.

Su otra mano se desliza a través de la abertura de su blusa y la desabrocha mientras besa su cuello. Al deshacerse de la blusa, mira su pequeño pecho bajo el sostén blanco, que presiona los sensuales botones rojos, que él chupa. Él forza la cremallera de su falda.

Inesperadamente, él sufre un bloqueo mental porque estaba metiendo y sacando su largo John Thomas de su vagina, mientras tanto, ella gime de placer.

Esa noche en casa, Ronnie corría al baño y se bajaba los pantalones, se masturbaba y fantaseaba con que Beth fuera follada por un viejo gordo y poco atractivo.

Lo que hizo que su cerdo, el pepinillo, fuera más emocionante fue la idea de la chica que lo ignoró y lo odió.

Al dejar atrás las fantasías, no era más que un nerd cuya vida estaba llena de rechazo y, lo peor, ninguna resolución a la vista. Ronnie no sería moldeado por la palabra "no" y esto no lo fortalecería.

Él no esperará ninguna transformación de la píldora azul a la roja. De hecho, el tipo quería ser un descuidado y regordete hombre de relaciones, dominado por su mujer y la sociedad, más bien al contrario a lo que él se convirtió si hubiese sacado provecho del rechazo y la presión porque todo esto lo había animado a realizar un gran esfuerzo de superación personal que lo convertiría en un mejor hombre, al menos, en uno deseable.

Ronnie piensa que no quedaba otra alternativa. Ni Playstation, ni Street Fighter, ni la música hip hop, ni la moda, ni el hockey sobre hielo le traerían un cambio de ciento ochenta grados. Entonces, resolvió hacerse atractivo con una idea extraordinaria.

Haría algo similar a lo que hizo un psicópata una vez: implosionar edificios para mostrar su amor por una mujer; de todos modos, no destruyó ningún edificio pero encendería una tienda. De esta manera, Ronnie se haría notar y lo haría por una chica que se pondría espantosamente simple y gorda en los años siguientes.

Él saca el refresco de la botella con una jeringa. Luego, vuelve a llenar la botella con un refresco en polvo, un blanqueador de cabello y otros ingredientes. Ronnie toma una cámara desechable y la conectó con un cable a una batería alterada -convertida en una casa detonada- conectada a la botella. Lo arroja por el tragaluz, presiona el disparador de la cámara y la botella se apaga.

Por un evento fortuito desafortunado, Beth está pasando cuando ve la ventana de vidrio estallar y el tipo que salta desde el techo en la parte trasera del pequeño edificio. Él corre hacia la calle para toparse con la chica.

"¿Lo hiciste, nerd?" gritó ella.

Primero avergonzado y convirtiendo su vergüenza en orgullo, Ronnie dice: "Lo hice por ti".

"¡Fenómeno!" Beth grita.

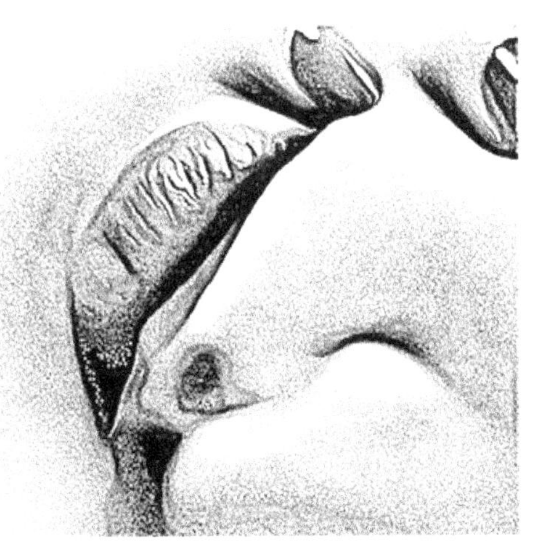

Phil

Entre las siluetas deformadas creadas por las sombras proyectadas por la bombilla que cuelga del techo, un anciano se sentó en el lecho de tablas de su nuevo castillo: una celda de prisión de 6 por 8. El hombre no podía entender qué sentimientos espeluznantes había querido decir: el recuerdo de la inscripción en la tumba de piedra de su padre y, el de ese, cuando su dedo apretó el gatillo.

A pesar de sus articulaciones desgastadas por su edad, saltó de la tabla y comenzó a caminar, murmurando "saber que era amarlo". Estas fueron las palabras para las cuales él escribió letras; una canción que se convirtió en el disco número uno, vendiendo más de un millón de copias antes de la Navidad.

Fue una mala jugada del destino estar en Hollywood's House of Blues esa noche. El legendario Phil podría haber estado en cualquier lugar, un lugar mejor que un maldito cuchitril.

De repente, recuerdos recorrieron su mente: tener una llameante discusión con un miembro de una banda que no tocó de la manera que él había dirigido previamente desde la consola e irrumpir en el estudio de grabación donde sacó un arma que disparó. Como Phil no podía caminar más allá de lo que los barrotes le permitían, se detuvo y, de repente, recordó estas palabras: "Solo puedo decir que cuando lo dejé a principios de los 70, sabía que si no me iba en ese momento, iba a morir allí". De hecho, fue apodado Mad Genius of Rock and Roll.

Al golpear el metal grisáceo con su puño se dio cuenta de que ya nada era como antes, cuando era el maestro, el gobernante, el que daba órdenes. Pero hoy en día, Phil no podía obligar a Robert Shapiro a presentar la otra mitad de la historia, la falsa, que se invirtió cuando Lana supuestamente apretó el gatillo, disparándose. De hecho, atrás estaban aquellos días en los que trabajó con extraños en un ambiente hostil, con prensa hostil, gente hostil y ganó, incluso sobre McCartney.

El anciano susurró entre dientes: "Fue una broma y tuve que hacer todo lo posible para encubrir los errores".

El hombre demacrado y anciano se hundió en un muro de silencio en la medida en que perdió su capacidad de hablar debido a los pólipos en su garganta. Ni siquiera era una sombra de ese joven con la mirada tímida que ocultaba sus ideas pervertidas y una mente llena de música con un comportamiento errático. A pesar del pasado, no podía entender si se estaba expresando o si estaba dejando de lado su furia aprisionada de todos esos años atrás cuando presionó el revólver dentro de la boca de Lana y cuando se sintió poderoso al amenazarla y dispararle. Tampoco podía el productor distinguir entre una sensación y la otra de sobregrabar docenas de músicos (cinco o seis guitarras, tres de cuatro pianos, un ejército de percusión, incluyendo múltiples golpes de batería, castañuelas, panderetas, campanas y timbales) para crear un rugido masivo como lo hizo cuando apretó el gatillo y asesinó a Lana Clarkson.

Ahora, todo lo que tenía era desperdiciar su vida en una celda de prisión. Tanto por el arte y la música.